Catherine Jacquin-Bacos

DIVINE SURPRISE

nouvelle

Divine surprise

Nouvelle, sombre rapide rythmée.

Des sommets alpins vers l'actualité.

Le verdict est tombé : il va falloir partir au plus vite vers Paris. Avec mon ami Amédée, nous sommes effondrés, le départ est pour demain avant l'aube, il nous faut donc combler cette fin de journée, ensemble nous allons refaire cette promenade adorée que nous connaissons par cœur depuis l'enfance. L'été chauffe cette fin d'après-midi montagnarde du mois d'août, les rayons du soleil filtrés par les branches des sapins nous escortent, le sentier est suffisamment large pour avancer sans crainte. À gauche un ravin vertigineux nous rappelle que la montagne est sévère, à droite un talus verdoyant parsemé de clochettes violettes légères et ravissantes nous rassure, les myrtilles appellent, nous nous arrêtons quelques instants pour déguster ces superbes petites perles noires au goût acide et sucré à la fois, qui laissent les dents bleues. La marche tranquille reprend, la descente continue d'un pas régulier, j'écoute la montagne et les premiers sons très discrets des deux ruisseaux que nous allons bientôt traverser, le pas s'accélère un peu et la musique s'affirme. Ça y est, nous y sommes. L'eau jaillit vive et sympathique, nos godillots pataugent à la recherche de gros cailloux qui vont nous permettre de franchir ces eaux vigoureuses. Une halte juste pour le plaisir de contempler cette eau surgie de la montagne et il nous faut descendre encore un peu pour arriver au cœur de ce vallon chaud verdoyant où coule un autre torrent assoupi, large et peu profond qui nous a si souvent enchantés.

Amédée est depuis une semaine dans mes belles montagnes. Il est grand beau, calme et bien bâti, je suis fière de mon camarade, il absorbe les dénivelés avec joie et facilité, et ne redoute pas le soleil. Sa peau est mate, sa bouche épaisse est bien dessinée, ses yeux noisette lui ont toujours donné un air espiègle et ses cheveux noirs et épais le faisaient paraître plus âgé qu'il n'était. Cet homme superbe et intelligent est mon ami depuis toujours, depuis toujours il fait partie de ma mémoire, dès qu'il a des congés il revient vers moi et nous bavardons à flux continu et rigolons par grandes tirades. Tout y passe … la famille, la politique, les lectures, les amis, les souvenirs …

En toute fin de journée ensemble nous remontons d'un pas lourd et régulier : et oui en montagne on passe son temps à descendre pour mieux remonter ou à monter en assurant la descente …Monter pour redescendre, descendre sans oublier de remonter … Le sentier grimpe sérieusement, en cette fin d'après-midi le soleil se cache déjà derrière la montagne, la lumière reste intense, sous les sapins l'air s'est nettement rafraîchi. La remontée se fait, elle aussi, au rythme des ruisseaux et cueillettes, j'aimerais emporter avec moi jusqu'au chalet les campanules violettes, mais je sais d'expérience, qu'elles ne résisteront pas à cette transplantation, je les observe les salue… « *quand vous reverrai-je ?* » Dans le cœur j'ai un étrange bonheur triste, mon corps est détendu heureux par toutes les chaudes sensations de cette montagne d'été, les odeurs de résine d'herbes de rochers brûlants et de cailloux inondés me shootent délicieusement, les coups de soleil qui s'agrippent à mes épaules sont sensuels et charmants, ils marquent mon corps de ce pays que j'aime tant. La musique du vent, des ruisseaux des oiseaux et des marmottes me parle, les couleurs changeantes des glaciers somptueux que l'on aperçoit au détour du chemin forestier se gravent pour toujours dans ma rétine.

C'est l'heure tranquille où la fraîcheur du soir ressuscite les montagnards, nous arrivons enfin sur la grande terrasse en bois du chalet face au mont de l'Aiguille, la soirée sera brève, car demain nous partons dès l'aube comme dit le poète. J'enfile mon pull du soir, toujours le même depuis des années avec ses étoiles à l'encolure, douillet comme les bras d'un homme. Amédée, lui, reste dans son éternel T-shirt blanc, le gaillard n'a jamais froid, et nous contemplons le coucher de soleil rosé qui enflamme superbement les rochers et le glacier qui se prélassent à 3800 m. Ce spectacle somptueux et la vigoureuse fraîcheur de l'air distillent une joie intense et simple.   Avec mon ami prêtre tout est facile, oui car Amédée est curé c'est dingue, mais c'est comme ça, je n'ai jamais compris son engagement religieux. Dans ma jeunesse, catéchisme et communion m'ont agacée et très tôt j'eus l'intime conviction que Dieu n'existait pas. Brave fille, j'ai néanmoins essayé de rencontrer ce Bon Dieu par conformité, par curiosité, pour faire plaisir. Mais non vraiment non, cette histoire inventée de toutes pièces par les humains ne m'a jamais convaincue, j'ai ressenti très tôt la soumission et les mensonges qu'elle contenait, toutes ces histoires du pays de Canaan m'agaçaient, je n'y comprenais rien, tout cela n'était que vaste foutaise, ce

Bon Dieu abandonnait en permanence ses brebis, était en grève constamment, éternel absent face aux douleurs du monde, éternel absent face à la souffrance et l'injustice , éternel absent que je n'attendrai plus .

Seuls l'art et le folklore religieux me touchaient : nostalgie gourmande de l'odeur de l'encens, couleurs chatoyantes des vitraux, courbes et dorures des statues, le bois sombre des bancs et la paille soleil des prie-Dieu. Les contreforts, arcboutés ou non des églises, m'ont toujours fascinée, leur fonction, à bien y réfléchir, est incroyable. J'aime aussi les arabesques et les tapis des mosquées ainsi que les candélabres des synagogues. Et puis la musique, par-dessus tout la musique … chant solitaire parfois saugrenu d'un prêtre malhabile ou d'un muezzin lointain, chant collectif heureux qui résonnent dans les églises et synagogues, toujours émouvant une voix parle, le souffle vital est là, le chœur chanté donne le frisson, vocable souvent insensé, la mélodie console. Alors oui il arrive que ces folklores me charment parfois, mais l'invention de Dieu et ses multiples sbires m'agace fortement et ne m'a jamais convaincue. L'engagement religieux de mon ami reste pour moi une énigme incompréhensible, que lui est-il arrivé pour qu'il bascule dans la religion ? Et pourtant avec lui je me sens en confiance, pas besoin de beaucoup bavarder, nous partageons depuis l'enfance sans difficulté nos silences et nos paysages. Demain il nous faut partir au plus vite rejoindre Paris, c'est ainsi nous le savons l'un et l'autre, c'est triste et indispensable à la fois, nul besoin d'en parler.

Au petit matin il ne fait pas encore totalement jour lorsque nous nous engouffrons dans la voiture, c'est moi qui conduis, car je connais la route par cœur, chaque « lacet » et « épingle à cheveux » me sont familiers, et il n'y a pas une minute à perdre dans cette nécessaire descente, nous sommes pressés et en colère de devoir aller à Paris j'appuie sur l'accélérateur avec rage, mes reprises d'accélération en sortie de virage font rire Amédée, j'aime aller vite sur cette route de montagne qui tournicote je me l'approprie, elle est à moi ...Après cette descente un peu rock'n'roll, nous roulons longuement dans le fond de vallée et enfin nous nous autorisons une pause méridienne en pleine campagne dans une clairière déserte. Heureux comme des enfants, nous dégustons d'improbables sandwichs confectionnés la veille à la hâte. Au loin des cloches retentissent ; portés par la douce fraîcheur du vent d'été les carillons obstinés ventilent une joie très rythmée. Au cours d'une courte sieste improvisée, je rêvasse : la saveur des dragées et le souvenir des toilettes du passé délicatement apprêtées me reviennent en mémoire, mélange de lectures, films, tableaux et sans doute quelques souvenirs d'enfance des sorties de messe à la campagne dans un petit bourg. La joie est, paraît-il, au rendez-vous, c'est en tout cas ce qu'affirment ces cloches qui s'ébrouent comme des chiens mouillés et chantent à la cantonade leur polyphonie joyeuse et désordonnée.

Et pourtant notre voyage vers Paris n'est pas gai du tout, oui vraiment la tristesse nous cisaille le cœur, mais nous devons y aller.   « *Allez hop ! il faut repartir ! dépêche-toi* » Amédée presque en colère me secoue vigoureusement, « *allez bouge-toi, il faut y aller à Paris on ne peut vraiment pas faire autrement* » marmonne mon ami grincheux qui s'empare du volant avec énergie. Passagère ramollie, j'incline le dossier vers l'arrière et me cale sous la ceinture de sécurité, boudeuse contrariée par ce voyage qui n'en est pas un, par cette destination qui nous obsède. Accompagnatrice déresponsabilisée, le bruit régulier du moteur me berce, le calme de mon chauffeur fait le reste, je m'endors suavement. Après quelques heures de coma bienheureux, j'ouvre un œil et m'étire en scrutant le paysage. Le long de l'autoroute se dressent quelques éoliennes telles des crucifiées à trois branches, elles tournent lentement, laborieusement, singeant une interminable agonie loin du vent qui les a momentanément abandonnées. Au prochain virage, un panorama incroyable offre une enfilade d'éoliennes plantées là en un long alignement insensé, Le Golgotha en plein Morvan. Certaines bougent encore, le plus grand nombre est immobile raide comme des cadavres géants qui attendent et attendent encore Éole qui les a délaissées.

En pleine forme, Amédée me lance rigolard « *bien dormi poulette ?* » et allume la radio. Nous voilà déjà proches de Paris en banlieue, un carrefour de béton, de passerelles métalliques et de feux tricolores balise un dessus-dessous où l'on perd son chemin, pistes cyclables et voies de bus ajoutent un peu d'énigmes à ce labyrinthe circulaire, sens et contresens nous embrouillent, un triple feu impose l'arrêt au bord de ce croisement de science-fiction qui bouillonne dans une chaude torpeur. Incrédule, je promène mon regard désenchanté sur ces amas de goudron, de béton de directions multiples et hasardeuses… Soudain une fée traverse cet immense océan urbain, une mini-jupe bleu méditerranée accompagne une jolie blouse turquoise. Sa peau cuivrée est jeune, brillante, de longs cheveux ondulés châtains flottent dans son dos, ses jolies jambes marchent avec énergie, aux pieds, des baskets ultras blanches la dynamisent. Cette jeune femme si jolie, aux couleurs de Méditerranée avance avec détermination, son beau visage est fermé, buté, hermétique, elle se met à courir. Sa beauté verte et bleue est magnifiée par la force de son hostilité, et pourtant, sa jeunesse, sa douceur sa féminité s'imposent. Je suis hypnotisée par cette petite fleur de banlieue qui court de plus en plus vite dans ce chaos routier où nous nous enlisons.

Le feu rouge s'envole, notre véhicule démarre et Amédée s'énerve : « Oh *non !! pas de bouchon ! par pitié nous sommes pressés !!* ». Et pourtant il va bien falloir nous arrêter derrière un amoncellement de voitures qui clignotent. Les sirènes retentissent aux quatre points cardinaux, une odeur âcre lentement envahit l'habitacle, Amédée se met à tousser tandis que mes yeux gonflent et larmoient abondamment. Mon ami suffoque, des démangeaisons me brûlent les joues le cou les bras, ma tête est lourde et tourne je pars je pars …En courant un pompier déguisé en scaphandrier se précipite vers nous, casse la vitre et fixe à toute allure un masque sur le visage d'Amédée je pars ..je pars .. J'étouffe…

Au réveil, nous voilà au milieu d'une panique hospitalière sans nom. *« Ah non pas encore une catastrophe écologique y en a marre !! »* Séveso, Covid19, usine nucléaire, tsunami, éruption volcanique, guerre des étoiles, tout se mélange dans ma tête dans un ras-le-bol énorme. Je repousse violemment le masque à oxygène qu'un jeune médecin tente de fixer sur mon visage. Je vous déteste toubibs de malheur silhouettes blanches annonciatrices de désastres, je mords et griffe. Un vieux médecin autoritaire aux cheveux blancs m'explique qu'une usine chimique vient d'exploser et que je dois me laisser soigner. Je lui crache au visage « *casse-toi pèpère ! toi qui sait tout tu ne sais rien de l'essentiel !* » Mon bel athlète Amédée se débat et hurle « lâchez-*moi ! je n'en ai rien à foutre de vos conneries* ». La sueur brille sur son visage, il titube un peu, mais son énergie est redoutable. Deux braves infirmières subissent sa logorrhée « je n'en ai rien *à foutre de vos médocs et vos picouses, d'ailleurs je déteste Paris, foutez-moi la paix barrez-vous, je veux m'en aller, je suis venu pour Olivier et rien que pour Olivier !* » et soudain il explose en larmes des hurlements se mêlent aux sanglots il tape sur tout ce qui l'entoure, casse renverse en hurlant menaçant les blouses blanches. Mon Amédée, mon Dédé, Il n'y a que moi qui peux essayer de le calmer, je m'échappe du lit médical, ma tête pèse une tonne , j'attrape un bras et lui caresse la joue et en pleurs je me blottis tout contre sa poitrine, ma tête roule sur ses pectoraux, comme deux enfants que nous avons été nous nous blottissons l'un contre l'autre, sanglots mêlés, en répétant en boucle pendant de longues minutes *Olivier… Olivier… Olivier …*

Nous sommes déconnectés du réel, en décalage absolu avec le chaos sanitaire qui nous entoure. Notre douloureux secret nous relie l'un à l'autre dans une étreinte qui fait mal, nous n'arrivons pas à admettre l'idée absurde et saignante qu'Olivier est parti. Impossible d'ingurgiter l'effroyable nouvelle : « *Olivier est mort* ».

Alors leurs conneries de masques, médocs et perfusions les médecins peuvent se les garder et rien, mais absolument rien ne peut entraver notre liberté de pleurer Olivier … de hurler Olivier… Comme des voleurs nous nous enfuyons de l'hôpital en rasant les murs, à toute allure. Pas très en forme nous trébuchons, mais je tiens sa taille et il tient mes épaules, nous sommes un bloc solide comme le granit de nos montagnes. Déjà petite, sa stature m'impressionnait et me rassurait.

Je me souviens d'Amédée avec tendresse dans notre classe de CM2, il me faisait toujours rire, disait souvent des bêtises et était aussi le roi des grimaces. Il courait très vite et déjà plus grand que tous les autres il attrapait le ballon avant tout le monde faisant même en riant des interceptions qui laissaient les copains ébahis ou déconfits. Il était « populaire » sans être caïd, dans la cour de récréation tout le monde l'aimait bien ou le craignait, j'étais fière d'être son amie. Et pourtant en classe il était d'une timidité confondante. Fort en maths, il aimait aussi la géographie et les sciences, notre institutrice le félicitait et l'encourageait dans ces matières. Mais en français il souffrait, l'expression écrite était sa détestation. À chaque fois que nous devions rédiger quelques lignes, il se retournait vers moi avec son regard d'épagneul, gonflait ses joues en soufflant et se mettait à loucher pour me faire rire. La professeure connaissait et tolérait notre connivence, mais jusqu'à une certaine limite. D'une voix sèche et nerveuse elle lui lançait : « *Tu n'as écrit que ça Amédée ??? Il faut te dépêcher c'est bientôt la récréation.* » Alors mon ami rentrait sa tête entre ses deux larges épaules et dès que l'enseignante avait le dos tourné il me lançait à nouveau un regard étouffé quasi désespéré, accompagné d'un gratouillis dans ses cheveux noirs et épais, je retenais mon rire et fronçais le nez en lui articulant de ma bouche totalement déployée, mais sans aucun son « *écris quelque chose !! N'importe quoi, mais écris quelque chose !* » Alors parfois en haussant les épaules, mon bel ami griffonnait quelques mots mal fagotés sur une feuille froissée. Une autre souffrance pour Amédée était la récitation, véritable calvaire qu'il surmontait difficilement. Le texte était mémorisé, mais sortir, exposer sa voix à la classe lui était presque impossible, il marmonnait sans articulation d'une voix chétive qui contrastait avec son allure de « big Brother » et son T-shirt de Spiderman, il se balançait de gauche à droite, le regard vide, les joues creuses et les épaules raides. Avec Olivier assis à ma gauche, nous échangions un regard catastrophé, mais nos joues étaient remplies de rigolades.

Olivier était le troisième et dernier mousquetaire, nous formions un trio indestructible. Amis depuis la maternelle, nous étions inséparables et surtout nous nous connaissions merveilleusement bien. Olivier Amédée et moi avons grandi dans le même quartier d'une petite ville de province nichée au pied des Alpes en Savoie. La même rue, quelques jardins verdoyants entouraient des maisons dissemblables et tout au bout le « Foyer de l'Enfance ». Amédée avait la plus belle maison avec pruniers et framboisiers à l'entrée, et une balançoire artisanale à l'arrière du bâtiment là où la pelouse était la plus verte. Dès l'école maternelle, une belle alchimie nous unissait, nous étions comme frères et sœur, chacun veillait sur les deux autres sans en avoir l'air … Assez vite notre

« quartier général » fut la balançoire d'Amédée. Une seule place sur cette balançoire fabuleuse, alors chacun son tour ... Une vieille planche en bois vaguement fixée à une grosse corde rustique et hop ! Sentir le vent s'engouffrer dans mes cheveux et soulever ma jupe et puis ce défi permanent, aller plus haut encore plus haut, tirer fort sur cette épaisse corde grise en lançant les pieds en avant. Amédée me poussait fortement dans le dos et Olivier nonchalamment veillait à me retenir en cas de chute. Et puis sauter loin devant et rouler au sol au milieu des pâquerettes en rigolant, joie absolue. Voilà, la place était libre pour l'un ou l'autre, le « chacun son tour » fonctionnait bien sans friction. Amédée se plantait souvent debout sur le petit siège en bois et tel un athlète de cirque il pliait ses genoux en tirant vigoureusement avec ses bras sur la vieille corde toujours solide, et très vite il prenait facilement de la vitesse et de l'altitude, fier de sa puissance. Olivier, lui, pour son « chacun son tour » restait assis et se balançait comme une fille, à chaque fois un sourire immense illuminait son visage. Ah le sourire d'Olivier ! c'était magique, tout souriait chez lui, sa bouche large aux dents blanches bien alignées, ses yeux bleus malicieux, ses cheveux châtains épais et bouclés et ses joues roses et potelées. J'avais souvent envie de l'embrasser pour tenter de lui voler un peu de rondeur de jovialité et de gourmandise qui émanaient de sa petite personne. À le voir ainsi totalement ouvert et heureux, le bonheur nous envahissait par contagion. Il lui arrivait de se mettre à chanter des chansons de colonie de vacances à tue-tête en rigolant de joie. Cette exaltation nous plaisait, car Olivier habitait le « Foyer de l'Enfance » et nous savions l'étrangeté de sa vie. Un jour de balançoire comme les autres, du haut de ses huit ans, il nous avait expliqué, d'une voix neutre, qu'il n'avait pas de papa et pas de maman, c'était comme ça. Cela nous parut presque normal tant Olivier était calme en nous donnant cette information plate. L'évidence était là : pas de parents, pas comme les autres, c'est comme ça. À la suite de cette confidence banale, Amédée quant à lui, nous avait raconté que sa mère n'était pas sa mère, c'était une fausse mère, il avait été adopté quand il avait quatre ans. Son père adoptif, vaguement alcoolique, était parti le jour de ses cinq ans, et sa maman de substitution l'élevait seule. Là je fus estomaquée, car sa fausse mère je l'aimais énormément je la lui enviais et dans mes rêves les plus fous je l'échangeais contre ma vraie mère avec laquelle aucun lien d'affection ne s'était tissé. La maman d'Amédée avait de jolis cheveux blond-roux, la peau très blanche et une voix douce qui faisait toujours fleurir chez Amédée un sourire immense qui s'accompagnait d'un lever d'épaule. Sa mère était une petite femme ronde à la bouche généreuse, aux yeux verts en amande. Elle l'aimait plus que tout avec intelligence et bonté, elle l'aimait et l'écoutait, oui elle l'écoutait souvent avec beaucoup d'attention, son corps légèrement penché vers lui. J'adorais les moments de conflits entre eux deux : Amédée renfrogné et grimaçant sa mère lui parlait calmement lentement, ferme et douce à la fois. Amédée finissait toujours par céder en souriant, par fondre devant cette délicieuse fausse maman qui gardait toujours au fond des yeux un éclat de rire comme un bonbon de récompense. J'étais très jalouse de mon ami, je voulais lui prendre cette mère épatante qui ne ressemblait en rien à mes lugubres parents. Ma vraie mère ne m'aimait pas, elle ne m'avait pas désirée, et n'exprimait jamais aucune tendresse à mon égard, je sentais en permanence que je la dérangeais. Mon vrai père, quant à lui fuyait le plus possible la maison, je le connaissais à peine. Ainsi sans doute, et sans le dire vraiment, ce qui nous unissait Amédée Olivier et moi était la difficile complexité de nos filiations, nous étions tous les trois héritiers de parents absents, cabossés, bancals ou toxiques.

À peine adolescents, tous les trois très complices, nous avons exploré la montagne ensemble été comme hiver. Nous aimions aller là où il n'y avait personne. Au cours d'une magnifique journée ensoleillée, mais glaciale de février, nous sommes allés découvrir un couloir de neige non balisé entre deux faces rocheuses. Dans l'étroit couloir pentu de neige fraîche je tourne une fois deux fois presque en sautant avec des skis beaucoup trop grands pour moi, puis au troisième virage mes spatules se bloquent dans un amas de neige dure compacte, mon corps bascule vers l'avant, je tombe dans le vide, je n'ai pas le temps d'avoir peur, mais soudain tout s'accélère ; dans un couloir ce n'est pas du tout comme sur une piste. Tête et mains en avant je sens que je ne maîtrise plus rien, ça va vite, très vite je ne peux plus rien faire à part tendre les bras en avant pour tenter de freiner la vertigineuse glissade, mais impossible je fonce maintenant à toute allure tête la première je dévisse comme une fusée, sans retenue au milieu des rochers tout proches. Dans un silence absolu à plat ventre, tête face au vide, je n'entends que mon souffle, la neige fraîche s'engouffre dans ma bouche et mes narines, j'étouffe suffoque et crache puis mon corps tout entier est projeté en l'air comme sur un tremplin, je vole quelques instants et m'écrase à nouveau dans la poudreuse blanche, à toute allure je ne peux plus rien faire et subis la descente vertigineuse, je dévisse des coups me frappent sur la tempe et le dos, mes bras et jambes sont maintenant projetés en tous sens ça tape ça cogne je cherche comment agir, mais je me sais vaincue. Après encore quelques ballotements violents, ma chute libre ralentit et mon corps secoué en tous sens finit par s'immobiliser. Je suis assise dans la neige fraîche profonde, jambes écartées, la tête repliée sur le ventre, immobile molle et ratatinée. Incroyable ! Je suis KO assise, mais parfaitement consciente et vivante malgré cette longue chute dans ce couloir de neige vertical. Je lève le bras pour indiquer à mes amis restés tout là-haut que je ne suis pas morte quand soudain Olivier arrive déjà à mes côtés, il a descendu à ski cette pente verticale en une poignée de secondes sans doute au péril de sa vie, Olivier mon superman me rassure en prenant soin de moi ...Donc ce n'est pas possible, Olivier ne peut pas mourir ...

Et pourtant notre ami est mort sur le coup dans un accident de moto sur le périphérique parisien. Il était venu à Paris pour rencontrer un agent immobilier spécialisé dans la vente de chalet prestigieux dans les Alpes. Son destin s'est arrêté brutalement entre porte de Bercy et porte de Montreuil, arraché à la vie par un camion. Voilà pourquoi avec Amédée nous sommes à contrecœur à Paris en ce début d'automne où nous traînons notre immense chagrin qui fait mal. Dans les jardins organisés de la capitale, les feuilles multicolores au sol, prennent la pose pour la seule joie des enfants embrigadés à l'école. Pour mieux fuir les hôpitaux et les menaces gazeuses, nous nous réfugions naïvement dans les parcs de la capitale, l'alerte chimique a finalement été levée, seuls quelques rares individus masqués se faufilent rapidement dans les jardins. Le soleil d'automne en ville a une beauté démoniaque : les feuilles mordorées s'échappent des branches noires moribondes, le soleil ricane derrière les branchages à moitié nus. Le magnifique ciel bleu trompeur déploie sa froidure, les rares vestiges verdoyants baissent la tête, accablés. Sinistre audace de ce soleil d'automne urbain : Il ment sans vergogne et achève d'un souffle d'air glacial la dernière survivance de l'été. Dans les parcs les arbres s'habillent de cuivres tonitruants qui claironnent en couleurs pour annoncer la mort … Supercherie, indécence les statues et fontaines sont abandonnées au profit de ridicules feuilles qui virevoltent sans cesse. L'automne n'est qu'une transition morbide qui déploie son aigre et froide vanité, et c'est bien en automne qu'Olivier va être incinéré, sans aucune cérémonie religieuse, c'est son choix depuis toujours. Amédée, prêtre à ses heures, est contrarié de ne pas pouvoir accompagner Olivier et assurer une cérémonie avec son Bon Dieu, pour son ami de toujours. Il marmonne en se balançant un peu à l'identique de ce qu'il faisait petit à l'école en récitation, cela me fait sourire … Je lui demande alors quelle est son église d'attache, il me répond l'œil sombre qu'« *il est en retrait* ». Étonnée, je ne vois pas ce que cela veut dire, mais ne prends pas le temps de mieux comprendre, nous sommes là pour Olivier, ligotés tous les deux par notre tristesse immense, douloureuse.

Il nous faut aller chez un notaire qui nous a contactés très vite après le décès de notre ami. Nous arrivons devant un superbe immeuble haussmannien d'où sort un jeune garçon tenant sous le bras une trottinette toute neuve. Amédée s'arrête comme figé, il fixe d'un regard neutre cet enfant des beaux quartiers, mais sa lèvre supérieure tremble. J'attrape Amédée par la manche et le force à rentrer dans le grand hall de l'immeuble. « *Allez hop, chez le notaire mon dédé* ! » Nous ne le savions pas encore, mais Olivier nous lègue son chien, son vélo et …

Maître Balanski est une femme sobre et élégante. Son sourire se laisse attendre, mais le son de sa voix est doux et calme. Elle déploie un lourd dossier sur son bureau et plante son regard dans le grand écran d'ordinateur qui nous fait face. D'une voix blasée elle nous explique qu'Olivier n'ayant aucun héritier nous a légué par testament son chien dénommé Zorro qui nous attend au refuge SPA de Chambéry, son vélo et … un chalet à Courchevel. Avec Amédée nous croisons nos regards estomaqués, un chalet ? à Courchevel ?? Mais comment est-ce possible ? Notre pauvre Olivier, toujours solitaire, ne possédait rien. La notaire jugea bon de nous expliquer que ce chalet lui avait été légué par un vieux monsieur qui n'avait aucune descendance.

Olivier était perchman à Courchevel et avait sympathisé avec ce vieux monsieur de quatre-vingts ans toujours tout seul, et qui skiait encore vaillamment. Quelques conseils et petites blagues quotidiennes avaient tissé leur amitié au cours des hivers froids. Selon les jours, Olivier contrôlait les forfaits au télésiège du Roc noir ou bien veillait au bon arrimage des skis sur les cabines de la télébenne du Chardon. Il veillait sans le dire sur le vieux monsieur qui s'engouffrait parfois sur des pistes noires, il surveillait que ce vieux skieur redescende bien vers la vallée. À la descente, le papy-skieur lui faisait souvent un signe de la main au passage. Olivier l'incitait parfois à redescendre plus tôt, car le vent et le froid arrivaient sérieusement, mais le vieux lui répondait calmement qu'il n'avait jamais froid.

Amédée Olivier et moi avons pris, au sortir de l'adolescence, des directions différentes pour tenter de construire nos vies, mais nous sommes restés en contact ; téléphone ou lettre tous les quinze jours nous réchauffaient le cœur. Amédée est parti à Lyon où un séminaire lui a fait rencontrer Dieu et moi je me suis ancrée à Dijon pour enseigner l'histoire et la géographie. Seul Olivier est resté en Savoie espérant ici ou là des petits boulots, il a même tenté La Suisse, mais après avoir flirté avec de venimeux trafics de drogues il est vite revenu se mettre à l'abri près du foyer de l'enfance où il a grandi. Un ancien éducateur lui a alors parlé de la station de Courchevel qui recrutait de nombreux perchmans pour la saison d'hiver, c'est ainsi qu'Olivier a pris ses habitudes dans la très chic station de ski, tous les ans de décembre à avril. Éternellement coiffé d'un énorme bonnet en grosse laine verte, il voyait défilé à son télécabine la jeunesse dorée du monde entier les riches industriels, les stars du showbiz, mais cela ne l'impressionnait pas du tout, il s'en foutait complètement, il était totalement indifférent à tous ces riches skieurs méconnaissables sous leur casque et masque de ski, leur arrogance était emmitouflée dans de moelleux vêtements qui affichaient les marques les plus prestigieuses et les plus chères.

L'attention d'Olivier a vite été attirée par les passages répétés d'un petit vieux qui ne portait pas de casque. Habillé comme un « gars du pays », ce petit grand-père skiait seul par tous les temps. Quand le brouillard la neige et le froid avaient vaincu les riches restés dans leur hôtel prestigieux, le petit vieux était toujours là, son bonnet bleu marine bien arrimé sur le front. C'est par un jour de très mauvais temps qu'Olivier et le papy se sont parlé pour la première fois, quelques commentaires sur la neige, une petite blague sur le froid. Olivier fut touché par ce papy alerte qui aimait tant la montagne. Olivier l'orphelin des services sociaux a ressenti très vite que le papy sportif et discret cachait peut-être un secret douloureux, il reconnaissait sa solitude qu'il partageait. Olivier surnomma le papy « Pierrot », Pierrot le fou …

Un jour glacé de février où le soleil ne s'était pas levé, Pierrot arriva dès l'ouverture au télésiège du Roc noir, il n'y avait personne ni dans le télésiège ni sur les pistes. Seul Olivier l'attendait et le mit en garde contre les vents violents qui soufflaient là-haut. Pierrot calme et vif lui répondit en rigolant que son seul ennemi était le brouillard, tant redouté des montagnards ... Puis Pierrot engouffra ses quatre-vingts ans dans le télésiège, son siège se balança longuement balloté par les vents, il fit un signe de la main à son copain perchman comme pour lui dire « ne t'inquiète pas tout va bien ». Ce jour-là, Olivier l'attendit longtemps un peu inquiet, car la météo était redoutable, il décida même d'arrêter le télésiège devenu trop dangereux dans la tempête qui débutait. Enfin, après plusieurs heures, il aperçut Pierrot redescendre, de loin il reconnut tout de suite son style rapide et calibré sur les skis, mais à l'approche, il remarqua immédiatement le visage rougi de son vieil ami, et son œil gauche très enflé. Pierrot avait le souffle court et dit d'une voix faible « *Aujourd'hui, là-haut, la montagne est en colère, mais le vieux a tenu bon* » et il sourit doucement malgré son œil tuméfié. Comme pressé par le temps, Pierrot ajouta « *Si un jour il m'arrive quelque chose, tu iras voir le curé Mermoz, il a des papiers pour toi, je voudrais que tu t'occupes de mon chalet* ». Olivier sortit sa topette d'alcool et donne à boire un peu de gnole au vieux papy. Après une bonne grosse gorgée Pierrot retrouva une grande respiration profonde et son sourire s'élargit. Olivier le prit par l'épaule et le fit rigoler en lui disant qu'il a été plus fort que la montagne, s'en suit une discussion joyeuse sur le comparatif entre l'alcool de myrtilles et l'alcool de génépi. Ces deux cabossés de la vie se tiennent chaud et rigolent abondamment dans cette montagne froide et déserte où les flocons de neige dodus s'accrochent aux bonnets de laine.

Début avril de la même année, en fin de journée, le curé Mermoz est venu voir Olivier dans son petit studio de saisonnier. Il lui annonça la triste nouvelle « *Pierrot s'en est allé, une mauvaise bronchite, les pisteurs qui fermaient la piste du Roc noir l'ont trouvé frigorifié assis sur un rocher à 2400 m d'altitude, il ne pouvait pas redescendre après une mauvaise chute. Pierrot attendait que le brouillard l'enveloppe ... Les secouristes l'ont descendu à l'hôpital où il s'est éteint paisiblement deux jours plus tard* ». Olivier ne put contenir son chagrin, son pote, le vieux qu'il aimait tant, ce vieux qui cachait sans doute un lourd secret douloureux comme lui, venait de le quitter. Pour l'enterrement de Pierrot, Olivier nous demanda de l'accompagner, car il craignait d'être tout seul. Amédée et moi sommes allés soutenir notre ami à l'enterrement de ce Pierrot que nous ne connaissions absolument pas. Il faisait un soleil magnifique, les sommets étaient encore enneigés, mais le printemps fleurissait déjà les alentours du cimetière à 1200 m. Quelques personnes de la station de ski étaient présentes, car Pierrot, bien que très silencieux, avait noué des liens affectueux avec certains montagnards. Jean était là, avec son beau visage buriné par les vents, dans son magnifique pull rouge de moniteur de ski où s'agrippait modestement sa médaille de Guide de haute montagne. Jean ne pouvait cacher ses yeux rougis et humides … Jean était en larmes.

Mais aujourd'hui, il y a double blizzard : Pierrot est parti définitivement et Olivier vient de le rejoindre, nous laissant Amédée et moi comme deux idiots hébétés dans les rues de Paris que nous n'aimons guère. Nous entrons dans une brasserie pour parler ensemble et nous mettre au chaud. Bien sûr, ce chalet nous le vendrons, c'était le souhait d'Olivier et nous ne connaissions pas Pierrot. Et puis Amédée va peut-être repartir en Afrique. « *Pourquoi l'Afrique ? Pourquoi si loin mon Dédé ?* » J'interroge mon ami qui baisse la tête lourdement et me dis d'une voix sombre « *je n'ai pas le choix, mais ce n'est pas sûr* ». Ses larges mains sont posées calmement sur la table, il reste ainsi replié sur lui-même, loin de tout. « *Que se passe-t-il Amédée ? Tu as froid ?* » mon ami ne bouge pas, figé dans sa posture, repliée comme une statue ratée. J'écoute son silence et au bout de longues minutes il sort de la poche intérieure de son blouson une enveloppe qu'il pose sur la table entre nos deux verres de mojito. Je reprends une gorgée de rhum blanc, car je comprends que le moment est bizarre, annonciateur de mauvaises nouvelles.

 « *Ouvre et lis* », murmure Amédée d'une voix blanche. Je sors de l'enveloppe un article du journal « Le Dauphiné libéré ». Le papier est froissé, mal découpé, le titre sans équivoque : « *Pédophilie dans l'Eglise* ». Tout mon dos se raidit, je regarde la petite photo noir et blanc dont le commentaire est « *Amédée Fenestraz et ses avocats* ». Je reconnais à peine mon ami sur le cliché, ses cheveux sont rasés, son regard est fuyant. Mon ventre se noue en même temps que mes tempes bourdonnent, je m'accroche à mon verre de mojito et commence la lecture. « *Douze nouvelles plaintes ont été déposées à l'encontre du curé Fenestraz, curé d'Aiguebelle depuis de nombreuses années* ». Je prends ma tête entre les mains, front baissé, je n'ose relever les yeux. Impossible de connecter Dédé mon bel athlète, avec ce monstre pédophile photographié dans le journal. Je me mets à trembler de tout mon corps « non *mon Amédée ce n'est pas toi, ce n'est pas possible !* » je prends la main de mon ami et cherche son regard, mais sa tête est baissée, son grand corps est recroquevillé, il ne bouge pas, ne pleure pas ne dit rien, immobile comme figé dans la glace. « *Amédée, mais qu'est-ce qui t'a rendu dingue ? explique-moi, dis-moi que ce n'est pas toi !* » Seul son silence répond à mes questions désordonnées. Je reprends l'article entre mes mains et observe la photo, oui c'est bien lui. L'article annonce son procès prochain. Devant ce bloc qui n'exprime rien, la nausée m'envahit, je me lève lentement et quitte cet homme que je ne connais plus.

Je pars en courant de toutes mes forces, je cours je cours comme pour oublier ce qui tambourine dans ma tête, complètement essoufflée je m'effondre sur un banc, je sais je comprends que mon deuxième ami vient de disparaître, notre trio est définitivement englouti, une triste douleur se mêle au dégoût, les racines de mon enfance n'ont plus aucun sens, j'ai envie de mourir il y a une urgence brûlante à prendre le temps de la défaite, de l'incompréhension. Celui que j'ai tant aimé depuis si longtemps se révèle être un criminel caché sournois pédophile. J'ai mal partout, j'aurais préféré qu'il meure plutôt que de découvrir cette face cachée, insupportable, de celui qui a été mon ami, mon vrai ami, depuis toujours. Tout mon corps est en révolte contre cette réalité qui explose tout mon passé, et réduit en cendre le plaisir et la fierté que j'avais à être son amie.

Bien sûr, je suivrais l'actualité concernant mon Amédée, mais je sais que je l'ai perdu pour toujours, aucune envie de le revoir, son procès se déroulera sans moi, la nausée m'envahit. Je pense à tous ces enfants maltraités par celui qui était mon ami, tous ces enfants que j'ai envie de consoler et puis cette église muette qui protège de son silence hermétique les pires prédateurs. Jean-Marc Sauvé, vice-président du Conseil d'Etat, préside la Commission indépendante sur les abus sexuels dans l'Eglise (CIASE) qui rend son rapport en octobre 2021. Il s'agit d'une étude sur les violences sexuelles dans l'église catholique en France de 1950 à 2020. Les chiffres sont accablants : 216 000 mineurs victimes d'un prêtre ou d'un religieux en France depuis les années 1950, ce chiffre monte à 330 000 si l'on ajoute les agresseurs laïcs en lien avec les institutions de l'église. Entre 2 900 et 3 200 prêtres ou religieux pédocriminels, soit 2,5% à 2,8% de l'effectif total de l'église en France. Le rapport de Jean-Marc Sauvé explique que *« la pédocriminalité est un système systémique. C'est donc l'ensemble du corps institutionnel qui doit réagir. Les évêques sont responsables, dans l'ensemble du corps, même s'il ne s'agit pas de responsabilité personnelle de l'un ou de l'autre. »*

Naturellement, les premiers criminels sont les prêtres, comme Amédée, qui abusent des enfants, mais la responsabilité de l'église est aussi bien réelle. Cette institution de l'église a cherché avec persévérance à garder le secret sur les crimes commis par certains de ses membres, opposant le droit canonique au droit républicain. Du fin fond de mon cervelet la révolte gronde, la colère me tenaille, au secours, rechercher obstinément le beau le vivant, le bonheur le positif, la vie face à l'ignominie que je viens d'apprendre, demain il fera beau, toujours le soleil revient après la tempête, au milieu du cloaque chercher la minuscule petite fleur, l'infime brise qui guide vers l'espoir… Quand l'abominable nous envahit, seule cette force, cette volonté, cette détermination peut nous aider à chercher la suite du chemin. Je voudrais tant transmettre à ces enfants martyrisés ce goût de la révolte salvatrice, de la détermination. Je pense à eux chaque jour. La détresse l'isolement la fragilité de ces jeunes abîmés par des hommes d'église me hantent, comment les aider. Lutter contre les silences de l'Eglise, cette institution qui absout et protège des criminels pédophiles. Combattre l'emprise des curés sur ces jeunes enfants, mais aussi l'emprise de l'institution qui se tait et cache son personnel criminel. Au mieux, elle mute le prêtre déviant, au pire elle ne fait rien. L'Eglise doit porter devant la justice républicaine les actions criminelles de ses ouailles. Que dire de la responsabilité des parents des jeunes enfants abusés par l'Eglise ? Souvent ces parents se disent victimes eux-mêmes, mais ne sont-ils pas plutôt complices, involontaires certes, mais complices, en ayant livré leurs enfants en pâture à ces loups cléricaux ? Au nom d'un dogme religieux, ces parents aveuglés ont perdu tout sens de leur devoir de protection à l'égard de leurs enfants.

Sans doute faudra-t-il aussi apprendre aux parents à protéger leurs enfants en toutes circonstances. L'isolement pour le petit martyrisé est total : plus aucun adulte autour de lui ne le protège. Quelle détresse…Il y a en chaque enfant une part de notre humanité qu'il faut protéger. Ceux qui s'attaquent aux enfants, s'attaquent aux plus fragiles aux plus vulnérables. Criminels et lâches, ces agresseurs d'enfants sont des individus dangereux abrités par une institution complice.

Quelques semaines plus tard, toujours très sonnée par ce que je viens d'apprendre j'arrive à la SPA de Chambéry où Zorro, le chien d'Olivier, m'attend, paraît-il. Et oui soudain je le reconnais derrière la grille de sa cage. Tout noir, il me regarde d'un air pitoyable. Après avoir rempli les papiers nécessaires, j'emmène ce pauvre chien en balade, nous retournons ensemble dans le vallon qu'Olivier aimait tant les jours de soleil. Je caresse et parle longuement à ce Zorro esseulé, il aboie de joie et me fait rire, je l'aime déjà très fort. Zorro c'est un bon début pour retrouver un peu de légèreté, je l'emmène sur le chemin qui monte dans la face sud du Bec de la Portetta. Arrivée en haut, je m'assieds sur un rocher inconfortable, la tête de Zorro blottie sur ma cuisse gauche. Nous contemplons l'infini, les montagnes blanches en dessous de nous, les nuages au loin qui flirtent avec le bleu du ciel, je gonfle mes poumons pour les emplir d'un immense bonheur incroyable et simple. Toutes les sensations du vent, du soleil, du froid, du silence, des oiseaux qui remontent le long des parois soignent mes tourments. Grâce à ce moment suspendu, je peux commencer à ranger dans mon cerveau profond les souvenirs d'Amédée et Olivier, rien n'effacera les bonheurs partagés de notre enfance. La douleur de la perte de mes deux amis ne détruira pas la richesse de nos souvenirs. Mais je me sens trahie par Amédée, mon athlète devenu criminel. Le pardon n'est ni envisagé ni possible, qu'il aille au diable !

Avec Zorro, nous commençons la descente vers la vallée, une descente rapide et presque joyeuse. Après avoir traversé un vilain pierrier et quelques névés, nous amortissons notre descente sur un sentier très pentu, une énergie nouvelle nous envahit comme s'il y avait urgence à aller consoler, réparer, les enfants maltraités.

Plus que jamais la protection de l'enfance est un sujet qui va me faire agir. Il y a tant à faire : modifier les lois, rendre l'ASE, l'Assistance Sociale à l'Enfance, opérationnelle, revisiter les responsabilités parentales, savoir entendre et écouter les différents moyens d'expression des enfants afin d'exercer une veille bienveillante constante et particulière à l'égard de chacun. Oui chaque signe peut être une alerte. Un enfant n'a pas les mots, mais son corps parle pour lui : sa démarche, son regard, ses silences, ses dessins parlent pour lui. Y a-t-il quelqu'un pour le voir et l'entendre ?

Aussi précieuse que la biodiversité, l'humanité de chaque enfant doit être protégée, c'est une question de survie. Pour espérer une reconstruction de ces enfants meurtris, les criminels doivent être jugés et l'Église catholique doit, sans réserve, se soumettre à la justice laïque des êtres humains, loin, bien loin de la justice divine.

© 2022 Catherine Jacquin-Bacos
Édition : BoD – Books on Demand, info@bod.fr
Impression : BoD – Books on Demand, In de Tarpen 42,
Norderstedt (Allemagne)
Impression à la demande
ISBN : 978-2-3224-5863-9
Dépôt légal : Décembre 2022